Sabine Both · Bianka Minte-König · Chantal Schreiber · Irene Zimmermann

Mistelzweig & Weihnachtsküsschen

Thienemann

Chantal Schreiber

Happy End

»Hi, Jacob. Das wollte ich dir nur geben. Eine Karte ist auch drin. Und frohe Weihnachten.«

Nach dem Blick der Frau mit den tausend Päckchen zu schließen, habe ich eben laut geprobt. Shinga sieht mich auch ein bisschen verwirrt an, während sie geduldig neben mir hertrabt. Sie weiß genau, dass Jacob und Enzo nur ein paar Häuser weiter wohnen, und wahrscheinlich denkt sie, ich bin einfach zu doof, um hinzufinden. Shinga ist ein hellbrauner Jagdhund-Retriever-Mischling mit einem Dackel in der Ahnenreihe, weswegen sie mich von etwas weiter unten anschaut, als man bei Jagdhund oder Retriever vermuten würde. Sie ist zweieinhalb und der klügste Hund, den es gibt. Enzo ist Jacobs schwarzer Labrador, der im letzten Leben bestimmt ein Teddybär war. Er ist verschmust und tollpatschig und beherrscht einen absolut unwiderstehlichen Siehst-du-nicht-dass-ich-am-Verhungern-bin-Blick. Aber sein Orientierungssinn ist erbärmlich, ebenso wie sein Gedächtnis. Jacob geht jeden Tag mit ihm in die Hundezone im Sankt-Josefs-Park, etwa drei Blocks weit von der Wohnung entfernt. Jeden Tag dieselbe Hundezone, seit vier Jahren. Enzo gerät dabei täglich aufs Neue so außer sich vor Freude, wenn er die anderen Hunde und die Pinkelbäume sieht, dass man meinen könnte, er wäre zum ersten Mal da. Ich bin überzeugt, für ihn ist es jeden Tag wieder das erste Mal. Jacob hat auch erzählt, seine Mutter hätte Enzo einmal unten im Hausflur die Leine abgenommen und sich noch kurz mit einer Nachbarin unterhalten. Als sie bei der Wohnungstür im dritten Stock ankam, war da kein Enzo. Sie rief und hörte ihn von oben jaulen. Sie rief noch mal, aber er kam nicht. Er saß vor der Wohnung im vierten Stock, genau über ihrer, und kratzte verzweifelt an der Tür. Aber – wie gesagt – süß ist er.

Und Shinga scheint bei Männern nicht so auf Intellekt aus zu sein, denn sie liebt Enzo abgöttisch und er liebt sie ebenso. Allerdings bin ich nicht sicher, ob er, käme ich eines Tages mit einer weißen Pudeldame an, die nicht mit derselben Begeisterung begrüßen würde. Aber zum Glück sind Shinga solche Spekulationen fremd.

Sie sieht mich in etwa so an, wie Jacobs Mutter Enzo angesehen haben muss, als er vor der falschen Tür saß. Mit einer Mischung aus Ungeduld, Mitleid und inniger Zuneigung. Sie zieht an der Leine, was sie sonst nie macht. Entweder zu Enzo und Jacob oder in den Park, sagt ihr Blick. Aber kein Auf- und Abgehen mehr, okay?

Ich seufze. Na gut. Gleich. Ich mache einen Schritt in einen Hauseingang, um wenigstens ein bisschen vor dem eisigen Wind geschützt zu sein. Nur noch eine Probe. Vielleicht kriege ich auf diese Weise ein Gefühl dafür, wo in etwa ich mich auf der Peinlichkeitsskala bewege.

»Jacob, hallo. Ich wollte dir nur frohe Weihnachten wünschen. Und das hier geben. Und, na ja, der Rest steht auf der Karte.«

Vielleicht ist die Idee mit der Karte aber auch blöd. Vielleicht soll ich lieber gleich *sagen*, was drinsteht. »Ich vermiss dich und ich finde es schrecklich, dass wir uns getrennt haben.«

Nein. Nein, auf keinen Fall. Es

schüttelt mich, halb vor Kälte, halb vor Grauen bei der Vorstellung, so was auszusprechen. Das gäbe neun Komma fünf von zehn Punkten auf der Peinlichkeitsskala. Schreiben – okay. Aber sagen? Warum nicht gleich: »Gib mir eine Locke von deinem Haar und lass uns in den Sonnenuntergang reiten?«

Und außerdem: Was ist, wenn *er* es nicht schrecklich findet, dass wir uns getrennt haben? Will ich echt riskieren, das von ihm zu hören? Die Karte hingegen liest er erst, wenn ich weg bin, und dann werde ich ja merken, ob er anruft.

Und wenn er es nicht tut, weiß ich ohnehin, was los ist – auch ohne dass ich es mir ins Gesicht sagen lassen muss.

Gott, ist das kalt. Winter ist echt die falsche Jahreszeit, um stundenlang liebeskrank auf der Straße auf und ab zu gehen. Wer weiß, ob Jacob überhaupt zu Hause ist. Für den Parkbesuch mit Enzo ist es etwas zu früh. Aber er könnte noch unterwegs sein, um Weihnachtsgeschenke zu besorgen. Oder er besucht seinen Großvater. Oder er hat schon längst eine Neue und kauft ihr gerade am Weihnachtsmarkt eines von diesen

Riesenherzen, auf denen mit Zuckerguss »Für immer dein« steht. Yassi sieht ihn dauernd so verknallt an. Die steht schon ewig auf ihn. Kommt ihr sicher gerade recht, dass wir nicht mehr zusammen sind. Verdammt.

Ich balle meine steif gefrorenen Hände zu Fäusten. Das heißt, ich balle nur die linke. In der rechten halte ich Jacobs Geschenk. Superintelligent von mir, keine Handschuhe anzuziehen. Mein Gesicht ist auch schon ganz eingefroren. »Ja-cob«, forme ich lautlos mit den Lippen. Na ja, noch kann ich sie bewegen.

Verdammt, es hätte alles so schön sein können. Ich hab mich so auf die Vorweihnachtszeit gefreut. Darauf, gemeinsam zum Eislaufen und gemeinsam mit den Hunden spazieren zu gehen. Im überfüllten Kaufhausfahrstuhl hoch- und runterzufahren und mit todernster Miene darüber zu reden, wie schrecklich das am Tag zuvor war, als genau dieser Lift stecken geblieben ist und wir siebzehn Stunden ausharren mussten, bis Hilfe kam. Und dabei unauffällig zu beobachten, wie die Leute im Lift reagieren. Mit Jacob kann man so was machen. Mit Jacob kann man überhaupt so ziemlich alles machen und dabei Spaß haben, sogar Dinge, die normalerweise rettungslos langweilig wären.

Einmal hat er mich begleitet, da sollte ich diese elektrische Zahnbürste umtauschen, die meine Mutter zum Geburtstag bekommen hatte. Ich war sauer, weil ich lieber mit Jacob auf den Flohmarkt gegangen wäre, aber meine Mutter hat drauf bestanden. Jacob ist mitgekommen und es wurde einer der lustigsten Vormittage meines Lebens. Er hat sich von dem Verkäufer ein Epiliergerät vorführen lassen, das er angeblich für seinen Onkel statt eines Rasierapparates besorgen wollte. Ich weiß nicht, wie er es schafft, bei so was ernst zu bleiben. Während der Verkäufer sich vorsichtig nach der Bartwuchsstärke des Onkels erkundigte, hab ich mir einen Gang weiter bei den Dampfbügeleisen fast in die Hosen gemacht vor Lachen.

Und er hat Spaß an Latein, seit ich mit ihm die Asterix-Sammlung meines Vaters durchgeackert habe. So hat es überhaupt angefangen, damals – er hat mich gefragt, ob ich ihm in Latein helfe. Aber eigentlich haben wir es beide schon lange vorher gewusst. Wenn zwei immer über dieselben Sachen lachen, über dieselben Filme Bescheid wissen, dieselben Bücher und dieselbe Musik mögen, dann fällt das irgendwann auch den Betroffenen auf. Wenn wir zusammen sind, das ist einfach … perfekt. Na ja, es *war* perfekt.

Ich lasse einen Megaseufzer raus. Shinga fiept kurz, weil sie merkt, dass ich mit den Gedanken ganz weit weg bin. »Ja ja, zwischen dir und Enzo ist alles ganz einfach«, erkläre ich ihr. »Du magst ihn, er mag dich. Keine Missverständnisse, keine voreiligen Worte, kein blöder Streit.«

Der Streit. Also, irgendwie weiß ich gar nicht mehr, wie es dazu gekommen ist. Er war schlecht drauf, weil es seinem Großvater nicht so gut ging. Ich war schlecht drauf wegen einer miesen Mathenote und weil meine Mutter den ganzen Nachmittag rumgemeckert hatte. Na jedenfalls, nachdem er mir von seinem Opa erzählt hatte, wollte ich ihm von Mathe und meiner Mutter erzählen, aber er hat gar nicht richtig zugehört. Und dann hat er meine Probleme irgendwie als »nur Kinderkram« abgetan. Natürlich ist ein kranker Großvater schlimmer als eine schlechte Note oder eine meckernde Mutter. Objektiv betrachtet. Aber wenn man zusammen ist, sollte doch einer dem anderen zuhören, oder? Also, auf jeden Fall hab ich ziemlich empfindlich reagiert, und statt sich zu entschuldigen, hat er behauptet, ich würde mich wie ein Baby benehmen. Das ging so hin und her, bis ich irgendwann wütend gebrüllt habe: »Weißt du was, wenn das so ist, dann lassen wir's eben!« Ich hab mich umgedreht, ihn einfach stehen lassen und die verwirrte Shinga hinter mir her aus dem Park gezerrt. Ich hab mich nicht umgesehen, dazu hab ich mich viel zu sehr im Recht gefühlt, und wenn sich jemand in so einer Situation umdreht, dann versaut er sich den ganzen dramatischen Abgang. Aber wenn ich ehrlich bin, bin ich bloß weggelaufen, damit er mir nachläuft. Er hätte nur sagen müssen: »Hey, Judy, warte, es tut mir leid!« Aber er ist mir nicht nachgekommen. Weil er genauso stur ist wie ich. Es hat eben auch Nachteile, wenn zwei so ähnlich ticken.

Am nächsten Tag in der Schule

habe ich ihn ignoriert. Ich bin an ihm vorbei, als hätte ich ihn noch nie im Leben gesehen. Auch wieder nur, damit er das Schweigen bricht, irgendwas sagt, den ganzen Streit für unsinnig erklärt. Aber kein Wort. Totale Funkstille.

Das war vor drei Wochen und an jedem einzelnen Tag habe ich diesen blöden Satz »Dann lassen wir's eben« tausend Mal verflucht. »Dann lassen wir's eben!« So was Idiotisches! Weil wir beide mal einen schlechten Tag haben, weil er was Unüberlegtes sagt, weil ich ein bisschen gekränkt bin – deswegen gleich alles hinschmeißen?

Das kann er nicht gewollt haben und ich habe es ganz bestimmt auch nicht gewollt. Aber warum sagt er nichts, tut er nichts, um das Ganze rückgängig zu machen? Seit drei Wochen warte ich darauf und nichts passiert. Jetzt ist beinahe Weihnachten und man kennt das ja vor Weihnachten. Die vielen rührseligen Filme im Fernsehen, die Weihnachtslieder aus allen Lautsprechern, und aus allen Ecken kommt einem das Wort *Liebe* entgegen. Das macht jeden fertig auf die Dauer.

Anfangs dachte ich, er müsste sich entschuldigen. Jetzt bin ich nicht mehr so sicher. Ich hab auch ein paar Sachen gesagt, die nicht okay waren. Und ich weiß doch, wie sehr er an seinem Opa hängt, ist doch klar, dass er ein bisschen neben sich steht, wenn's dem schlecht geht.

Also gut. Ich mache einen Schritt aus dem Hauseingang auf den Gehsteig. Ich bin so weit, marschiere los, zurück zu dem Haus, in dem Jacob wohnt. Shinga kapiert sofort, wo ich hinwill, und beginnt zu wedeln. Ich gehe immer schneller, fange fast an zu laufen. Jetzt, wo ich mich endgültig entschieden habe, kann's mir nicht schnell genug gehen. Doch plötzlich stellt Shinga die Ohren auf und bleibt stehen.

»Hey, Shinga, falscher Zeitpunkt zum Müdewerden …«

Doch da höre ich von hinten: »Judith, hallo!«, und dreh mich um. Jacobs Mutter mit Enzo, der sich vor Freude beinahe überschlägt. Wenn das ein Comicstrip wäre, würde Jacobs Mutter jetzt an der Leine hinter ihm her durch die Luft fliegen. So stolpert sie nur ein bisschen und verzieht das Gesicht.

»Triffst du dich mit Jacob?«, fragt sie mich ein bisschen atemlos, als sie bei mir angelangt ist und die beiden Hunde mit ihrem euphorischen Begrüßungsritual beschäftigt sind. »Ich hab mich schon gewundert, warum ich dich in den letzten Wochen nicht gesehen habe.«

Jacob hat also noch nichts erzählt. Ob das ein gutes Zeichen ist? Hätte er es nicht erzählt, wenn es für ihn wirklich vorbei wäre? Andererseits, soweit ich weiß, erzählt er seiner Mutter überhaupt nicht besonders viel.

»Judith?«

»Oh. 'tschuldigung. Ja, ich meine, nein. Ich weiß nicht.«

Sie zieht die Augenbrauen hoch und schaut mich ein bisschen verwirrt an. »Du weißt nicht, ob du dich mit ihm triffst?« Ihr Blick wandert zu dem flachen, in Weihnachtspapier eingeschlagenen Päckchen in meiner blau gefrorenen Hand.

»Ich muss hier in der Nähe ein Geschenk abliefern«, dichte ich hastig, »und weil es eben in der Nähe ist, dachte ich, ich schau dann mal im Park vorbei, ob Jacob auch da ist …«

»Oh, dann weiß er gar nicht, dass du kommst?«

Wir sind gemeinsam ein Stück

weitergegangen und vor Jacobs Haus angelangt.

»Nein, ich wusste nicht, wie lange ich brauche und ob ich überhaupt Zeit haben werde und ...« Ich habe den Verdacht, dass ich rot werde, und bücke mich vorsichtshalber zu Shinga, um ihr Halsband zurechtzurücken.

»Ruf ihn doch lieber an. Er ist vorhin gleichzeitig mit mir weggegangen, wollte auch noch was erledigen. Aber er kommt sicher bald. Wäre doch schade, wenn ihr euch verpasst. Aber du musst ja ohnehin noch deinen Besuch machen.«

Ich starre sie verständnislos an. »Besuch?«

»Na, dein Päckchen da. Das musst du doch abgeben.«

»Ja. Richtig. Das muss ich noch.«

»Also dann. Ich hoffe, es klappt mit euch beiden.« Sie lächelt mich an. »Und falls wir uns nicht mehr sehen: Frohe Weihnachten, Judith!«

»Frohe Weihnachten!«, murmle ich und ziehe die widerstrebende Shinga weiter, die jetzt natürlich vollkommen verwirrt ist. Was soll das? Nicht zu Enzo und auch nicht in den Park?

Jacob war also gar nicht zu Hause. Die ganze Zeit, die ich hier auf und ab gegangen bin und mir überlegt habe, was ich zu ihm sagen soll, war er unterwegs, »was erledigen«. Wenn er vorgehabt hätte, seinen Großvater zu besuchen, hätte seine Mutter bestimmt nicht gesagt »was erledigen«. Auch nicht, wenn er zu Jo gegangen wäre, seinem besten Freund. »Was erledigen« klang, als hätte er keine Lust gehabt, seiner Mutter zu sagen, was er vorhatte. Das Bild von Jacob und Yassi und dem überdimensionalen Lebkuchenherz mit Zuckerschrift taucht wieder auf. Natürlich ist das Blödsinn. Er könnte überall sein und »was erledigen« kann schließlich so gut wie alles bedeuten.

Wenn Enzo nicht bei ihm ist, kann ich Plan B mit der Hundezone auch vergessen. Ich streife Shinga den Maulkorb über und gehe die Stufen zur U-Bahn runter. Dann also nach Hause. Ich fühle mich plötzlich nicht nur halb erfroren, sondern auch irgendwie mutlos und leer. Dabei war ich gerade noch so gut drauf und wild entschlossen, die Sache mit Jacob und mir wieder in Ordnung zu bringen. Aber jetzt sitze ich hier in der ratternden U-Bahn, ein albernes Päckchen mit rotnasigen Rentieren auf den Knien, und heule fast. Nur weil er nicht zu Hause sitzt und wartet, ob ich vielleicht zufällig irgendwann vorbeikomme, sondern »was erledigen« ist.

Ein Glück, dass Shinga bei der richtigen Haltestelle an der Leine zieht, ich wäre noch weitergefahren, so vertieft bin ich in meine trübseligen Gedanken. Dafür nehm ich jetzt drei Stufen auf einmal und sprinte oben gleich weiter, um ein bisschen warm zu werden – und um Shinga dafür zu entschädigen, dass sie auf ihren Parkbesuch verzichten musste. Begeistert rennt sie in großen Sprüngen neben mir her.

Das Rennen tut mir irgendwie gut, ich spüre meine Finger und Zehen wieder und meine Jacob-Traurigkeit schwindet ein bisschen.

»Endspurt nach Hause«, rufe ich kurz vor der Ecke und lege einen Zahn zu. »Endspuuuurt«, feure ich uns noch mal an und sehe runter zu Shinga. Im nächsten Moment knallt mein Gesicht gegen irgendwas oder vielmehr irgendwen – und der Rest von mir auch.

Der andere schwankt –

»Hee …!«

Ich halte mich an ihm fest, er sich an mir. Shinga, aus vollem Lauf abgebremst, zerrt an der Leine. Wir stolpern und stürzen – gerade nicht.

»Au! Tut mir leid, ich …«

»Judy!«

»Jacob!«

Da steht er vor mir. So nah wie schon seit drei Wochen nicht mehr. Braune Augen, wuschelige Haare. Eine Augenbraue ist durch eine kleine Narbe zweigeteilt. Das gibt ihm ein bisschen was Verwegenes – wenn man nicht weiß, dass die Narbe von einem Sturz von der Schaukel herrührt, als er zwei war. Mir gibt es einen Riesenstich, da links hinter den Rippen. Er hält sogar meinen Arm, den er instinktiv gepackt hat, um mich am Hinfallen zu hindern. Jetzt lässt er ihn los und hebt eine Papiertragetasche auf. Ein flaches Päckchen in Weihnachtspapier lugt heraus. Seine gefütterte Jeansjacke, an der ich mich gerade eben noch festgehalten habe, hängt irgendwie schief an ihm, und auf seinen hellbraunen Timberlands sieht man deutlich den Profilabdruck meiner Stiefel.

»Tut mir echt leid. Sorry. Wir

sind gelaufen, ich war total durchgefroren, weil ...« – Haaaalt. Nur nicht aus lauter Verlegenheit zu viel erzählen. »Was machst du denn hier?«

»Ich ... wollte hier nur was erledigen ...« Er schaut mir kurz in die Augen, dann auf seine Schuhe.

Yassi wohnt nur zwei Straßen weiter.

»Oh«, sage ich und sehe auch auf seine Schuhe. Wirklich ein sehr hübscher Abdruck, den ich da hinterlassen habe. »Also dann.«

»Also dann.« Er macht einen Schritt zur Seite, sodass Shinga und ich vorbeikönnen.

Aber Shinga hat sich hingesetzt und schaut von mir zu Jacob und von Jacob wieder zu mir.

»Komm, Shinga!«, sage ich, ohne Jacob noch mal anzusehen, und mache einen Schritt. Aber Shinga bewegt sich keinen Millimeter. »Komm, nach Hause!« Shinga rührt sich nicht.

»Jetzt komm schon!« Ich zerre an der Leine, was ich sonst nie mache. Shinga gibt ein komisches kleines Geräusch von sich, zwischen einem Winseln und einem Knurren. Sie hat mich noch nie zuvor angeknurrt!

»Shinga, aus jetzt!!!« Ich ziehe

den widerstrebenden Hund an Jacob vorbei.

»Judy, warte!« Jacob legt mir von hinten die Hand auf die Schulter. »Ich wollte dir das hier geben.« Ich drehe mich zu ihm um und er drückt mir das flache Päckchen in die Hand. »Eine Karte ist auch dabei.«

Ich starre ihn eine Sekunde lang an. Dann steigt ganz langsam so eine angenehme Wärme in mir hoch. In meinem Magen fängt es an und breitet sich überallhin aus. Als hätte ich Zaubertrank getrunken. »Das ist für mich? Du bist meinetwegen hier?«

»Weswegen sollte ich denn sonst hier sein?«, fragt er stirnrunzelnd.

Darauf antworte ich nicht, stattdessen drücke ich ihm mein Geschenk in die Hand. »Das hier ist für dich«, sage ich. »Und da ist auch eine Karte drin.«

Wir stehen jetzt ganz dicht voreinander, Shinga sitzt zwischen uns und wirkt plötzlich wieder zufrieden. Ich sag ja, sie ist der schlaueste Hund, den es gibt.

Jacob nimmt meine Hand. »Ich vermisse dich«, sagt er. »Und ich finde es schrecklich, dass wir uns getrennt haben.«

Hat er das eben wirklich gesagt?

»Ich vermisse dich auch. Und ich finde es auch schrecklich.« Komischerweise klingt das alles kein bisschen peinlich.

»Es tut mir leid, dass ich so fies zu dir war.«

»Mir tut's noch viel mehr leid. Wie geht's deinem Opa? Ich hab mir Sorgen gemacht.«

Er lächelt mich an. »Viel besser. Und deine Mutter, hat sie sich wieder eingekriegt?«

»Ja, seit ich dauernd so deprimiert bin, ist sie supernett zu mir.«

»Seit wann bist du deprimiert?«

»So ziemlich genau seit drei Wochen.«

Er nimmt auch noch meine zweite Hand. »Komisch. Ich auch.«

»Deine Hände sind eiskalt«, sage ich.

»Das liegt daran, dass ich mich hier schon eine Weile herumtreibe«, grinst er. »Darf ich mein Geschenk gleich aufmachen?«

»Klar. Wenn ich meins auch aufmachen darf.«

Seins ist die lateinische Ausgabe von *Asterix bei den Briten*, seinem Lieblingsband. Und ein Gutschein für Lateinnachhilfe »ad infinitum«.

Meines ist ein Gutschein für Mathenachhilfe.

Und eines von diesen großen Lebkuchenherzen, die es auf den Weihnachtsmärkten gibt. Darauf steht mit Zuckerguss:

Happy End

Irene Zimmermann

Weihnachtsverstrickungen

Ich drehe den kaum angebissenen Kirschplunder verlegen hin und her. Dann frage ich: »Würden Sie den eventuell wieder zurücknehmen?«

Ein empörter Blick der dicken Verkäuferin, dann ein entschiedenes Kopfschütteln. »Da könnte ja jeder kommen. Macht einen Euro dreißig«, sagt sie und ich spüre, wie die Kundschaft hinter mir bereits ungeduldig wird.

Ich suche nochmals in allen Taschen: aber vergeblich. Mein Portemonnaie ist sonst wo, jedenfalls nicht hier. Ich überlege, ob ich meine Pudelmütze oder meinen Schal als Pfand anbieten soll, da fängt jemand hinter mir an, demonstrativ zu husten.

»Kann doch jedem mal passieren, dass er sein Geld vergisst«, sage ich wütend und drehe mich um.

Im nächsten Moment würde ich am liebsten im Boden versinken.

Enrico! Der Schwarm aller Mädchen meiner Klasse, ach was,

der ganzen Schule! Er steht vor mir und lächelt mich an!

Ich muss aufpassen, dass ich nicht dahinschmelze.

Und dann holt er ganz locker das Geld aus seiner Tasche, legt es mit einem freundlichen Lächeln auf die Theke, und während die Bäckereifachverkäuferin mit offenem Mund dasteht, nehme ich Enrico einfach an der Hand, denn ich weiß: So eine Chance bietet sich nur einmal im Leben.

»Sieh mal, wie toll es schneit«, sage ich, als wir die Bäckerei verlassen. »So richtig weihnachtlich, findest du nicht? Wir könnten doch ein bisschen spazieren gehen.«

Blöd, mir fällt erst jetzt ein, dass ich den Kirschplunder auf der Theke vergessen habe – aber das ist nun auch egal. Viel wichtiger als jeder Kirschplunder der Welt ist die Tatsache, dass ich tatsächlich mit Enrico durch die Innenstadt schlendere – händchenhaltend, wohlgemerkt!

»Danke, dass du mich vorhin gerettet hast«, sage ich nach einer Weile.

»Hab ich doch gern gemacht«, antwortet er und sieht mich dabei so von der Seite an, dass mir ganz anders wird, »und weißt du auch, weshalb?«

»Weil du einfach toll bist«, will ich sagen, verkneife es mir dann aber doch. Enrico weiß bestimmt selber, dass alle Mädchen für ihn schwärmen, seit er an unserer Schule ist.

»Weil du einfach toll bist«, höre ich ihn flüstern.

»Wie bitte?« – Habe ich mich verhört? Ich sehe ihn direkt an.

»Weil du einfach toll bist«, wiederholt er. »Ich hab mich auf dem Pausenhof bloß nicht getraut, dich anzusprechen, weil deine Freundinnen immer dabei waren.

Aber jetzt kann ich es dir sagen: Ich mag dich.«

Wir schlendern ziellos durch die verschneite Altstadt, über den Weihnachtsmarkt, wo es nach Gewürzen und gebrannten Mandeln riecht, zum Rathaus hinüber, wo im Advent jeden Donnerstagnachmittag der Posaunenchor Adventslieder spielt, und dann zur Hauptstraße mit den vielen Geschäften. Und die ganze Zeit über kann ich mein Glück noch gar nicht richtig fassen.

»Wow«, sagt Enrico. »Sieh mal!«

Wir bleiben vor einer Boutique

stehen und er deutet in der Auslage auf einen bunt gemusterten Pullover. »Edles Teil, findest du nicht, Mareike?«

Ich nicke heftig. Für mich ist es nämlich noch ganz ungewohnt, dass ich jetzt offiziell seine Freundin bin, seit einer Stunde und elf Minuten nämlich, wie ich mit einem Blick auf die Kirchturmuhr feststelle.

Die ganze Zeit über halten wir uns fest an der Hand und ich platze fast vor lauter Glück, als wir uns um halb sieben an der Bushaltestelle schwören, dass wir auf immer und ewig zusammenbleiben.

»Glück und Glas, wie leicht bricht das«, sagt Oma, als ich ihr von Enrico erzähle.

Ich sehe sie erstaunt an, denn so ein Spruch passt eigentlich gar nicht zu ihr. Oma wirkt auch gar nicht wie eine Oma, sie ist unheimlich modern und ich sage meistens Christa zu ihr. Sie trägt Jeans, fährt Motorroller (außer bei Windstärke zwölf) und sagt, dass Frauen zusammenhalten müssen.

Ich wohne bei ihr, weil ich sie mag und meine Mama schon lange tot ist.

»Guck nicht so entsetzt, Mareike«, lacht sie, als sie mein Gesicht sieht. »Mir ist das nur eben so eingefallen, weil ich gerade die Weihnachtsbaumkugeln vom Speicher geholt habe. Und dabei sind mir tatsächlich drei von den Glaskugeln kaputtgegangen.«

»Enrico ist jedenfalls keine Glaskugel«, stelle ich sachlich fest, und Christa meint, nein, um Himmels willen, das hoffe sie auch. Aber für sein Glück müsse man etwas tun, das sei eine Tatsache.

»Und jetzt kannst du mir helfen, die Weihnachtsgeschenke für deine Cousinen fertig zu machen«, meint sie. »Du bist doch immer so gut im Weihnachtspäckchenpacken.«

Freude, Glück, Enrico – in dieser Nacht geht in meinem Kopf alles durcheinander. Irgendwann finde ich dann doch den roten Faden: Ich werde ihm eine Freude machen! Zu Weihnachten! Ich weiß auch schon ganz genau, womit: Der bunte Pullover aus der Boutique muss her! Koste es, was es wolle!

»Zweihundert Euro?«, fragt Christa am nächsten Tag ungläubig. »Mareike, so viel Geld können wir nicht für einen Pullover ausgeben.«

»Aber ich will was für mein Glück tun«, erkläre ich ihr. »Du hast selber gesagt: Glück und Glas … Und Enrico gefällt dieser Pullover.«

Oma bleibt hart. Ich aber auch! Enrico soll diesen Pullover unbedingt kriegen!

Nachmittags habe ich die Lösung: Ich werde einfach einen Pullover stricken, der genauso aussieht wie der aus der Boutique. Enrico wird nicht den geringsten Unterschied merken und sich irrsinnig über das Weihnachtsgeschenk freuen. Zwar habe ich noch nie einen Pullover gestrickt, aber immerhin schon mal einen Topflappen.

Allzu groß ist der Unterschied bestimmt nicht, sage ich mir, als ich mit einer Riesentüte voller Wolle (alles im Sonderangebot!) nach Hause komme. Mit meinem Handy habe ich den Pullover im Schaufenster fotografiert – und jetzt werde ich einfach drauflosstricken.

Allerdings hat Enrico zweimal angerufen, sehe ich auf dem Anrufbeantworter, er will wissen, ob wir uns treffen können. Im ersten

Moment will ich sofort zurückrufen, aber dann fällt mir der Pullover ein, der im Moment noch aus lauter verschiedenfarbigen Wollknäueln besteht, die dringend verstrickt werden wollen.

Enrico muss warten, entscheide ich, wir haben ja noch ein ganzes Leben vor uns, aber Weihnachten ist schon in zehn Tagen – und bis dahin muss der Pullover fertig sein.

Ich ignoriere deshalb seine nächsten Anrufe, erst beim dreizehnten werde ich schwach und nehme ab.

»Warum meldest du dich

nicht?«, will er wissen. »Mareike, was ist los? Magst du mich nicht mehr?«

»Doch, natürlich«, beruhige ich ihn. »Weißt du, ich hab bloß so schrecklich viel zu tun. Und außerdem«, hier zögere ich, denn ich will natürlich nichts verraten, »außerdem ist ja bald Weihnachten.«

Schweigen.

»Bist du noch dran?«, frage ich misstrauisch.

»Klar«, meint Enrico, »ich dachte bloß, wir könnten wieder zusammen zum Weihnachtsmarkt gehen. Mareike, ich möchte dich sehen.«

Am liebsten würde ich sagen: Mir geht es genauso, komm, lass uns bummeln gehen, aber da fällt mein Blick wieder auf die Wollknäuel, die in meinem Zimmer liegen und aus denen endlich ein Pullover werden muss.

»Nein«, sage ich entschlossen. »Enrico, tut mir ehrlich leid, aber es geht wirklich nicht!«

»Schade«, murmelt er.

Täusche ich mich oder klingt er wirklich etwas nachdenklich? Ich bin schon drauf und dran zu sagen: Also komm vorbei, wir unternehmen was, ich freu mich auf dich, aber dann verkneife ich es mir doch, denn ich habe eine wichtige Aufgabe. Ich muss stricken, was das Zeug hält!

Am dritten Tag bin ich mit den Nerven leider ziemlich fertig. Ich habe eine Englischarbeit versiebt, weil ich – anstatt zu lernen – gestrickt habe, und Christa macht sich mittlerweile ziemlich Sorgen um mich.

»Du bist blass und kriegst einen gewaltigen Haltungsschaden, wenn du so weitermachst«, stellt sie fest. »Ob Enrico das gefallen wird?«

Ich blicke kaum auf. »Ich bin in der vorletzten Reihe«, murmle ich, »morgen fange ich mit dem linken Ärmel an, am Montag mit dem rechten und dann …«

Christa hat ihre Brille aufgesetzt und mustert das Vorderteil, das auf dem Tisch liegt.

»Ich weiß ja nicht«, meint sie nach einer Weile, »aber irgendwie hab ich den Eindruck, dass hier was nicht stimmt. Sieh mal …«

»Jetzt nicht«, unterbreche ich sie. »Ich bin fast mit dem Rückenteil fertig. Ich muss mich konzentrieren, sonst geht noch irgendwas schief. Ich darf jetzt auf keinen Fall eine Masche fallen lassen oder so.«

Christa holt einen Teller mit Weihnachtsplätzchen und stellt ihn auf den Tisch. Normalerweise gibt es Weihnachtsgebäck bei uns erst ab Heiligabend oder in Ausnahmefällen, bei echten Katastrophen auch vorher.

»Stärk dich erst mal«, sagt sie, und ich mache »Uff! Ich hab's geschafft!«, und lege das Rückenteil stolz beiseite.

Christa zwingt mich, zwei Zimtsterne und einen Schokoladenlebkuchen zu essen, und dann legt sie Vorder- und Rückenteil aufeinander.

»Nimm noch einen Lebkuchen«, tröstet sie mich, während ich mit entsetzter Miene auf die Pulloverteile starre. Irgendwie muss ich mich bei der Maschenzahl vertan haben; Tatsache ist jedenfalls, dass das Vorderteil fast doppelt so breit wie das Rückenteil ist – oder das Rückenteil nur halb so breit wie das Vorderteil, ganz wie man will.

Heulen verkneife ich mir, stattdessen trenne ich mit Christas Hilfe das ganze Vorderteil wieder auf.

Die Anrufe von Enrico häufen sich, aber ich kann nicht abnehmen, ich habe keine Zeit für ein Telefonat, ich hab eigentlich überhaupt keine Zeit für irgendwas. Ich muss nur fertig werden!

Christa meint schließlich, sie könne das Elend nicht mehr mit ansehen. »Mareike, du hast dir so viel Mühe gegeben, aber jetzt reicht es wirklich«, sagt sie, als ich das Vorderteil zum dritten Mal auftrenne. »Was hältst du davon: Ich frage meine Freundin Moni, ob sie sich an dem Pullover versuchen will. Sie ist nämlich ein echtes Ass, was Handarbeiten angeht. Dann wird er bestimmt bis Weihnachten fertig. Weihnachten dieses Jahr, meine ich«, fügt sie hinzu und ich nicke.

Moni scheint nur darauf gewartet zu haben. »Aber das mach ich doch gern. Pullover, vor allem mit schwierigem Muster, sind nämlich meine Spezialität«, lacht sie, als Christa und ich sie mit der Wolle besuchen. Dafür werde ich ihr im kommenden Sommer alle vierzehn Tage den Rasen mähen und auf ihre beiden Wellensittiche aufpassen, wenn sie in Urlaub fährt. Uff! – Aber das sind Peanuts, Hauptsache, mein Weihnachtsgeschenk für meinen Enrico wird fertig.

Endlich habe ich Zeit für ihn. Ich mache es mir auf dem Sofa gemütlich, zünde drei Kerzen am Adventskranz an und greife nach dem Telefon. Enrico, werde ich sagen, ab jetzt wird alles anders. Jetzt habe ich ganz viel Zeit für dich und ich wünsche mir, dass du mich endlich besuchst und Christa kennenlernst und …

Ein bisschen Herzklopfen habe ich immer noch, als ich seine Nummer wähle. Hätte ich mir aber sparen können, denn es meldet sich nur der Anrufbeantworter. Was soll ich bloß draufsprechen, überlege ich. Beim ersten Mal lege ich auf, beim siebten Mal bitte ich schließlich um Rückruf.

Irgendwann wird Enrico doch mal zu Hause sein. Endlich meldet er sich, gegen halb zehn. Ziemlich erschöpft klingt er, finde ich, und überhaupt nicht richtig verliebt. So habe ich mir unser Telefonat wirklich nicht vorgestellt.

Schließlich frage ich: »Enrico, magst du mich eigentlich noch?«

»Natürlich. Das weißt du doch, Mareike«, sagt er. »Aber ich muss jetzt auflegen, ich bin leider hundemüde.«

Und so geht das die ganzen nächsten Tage: ziemlich lahme Telefonate mit Enrico.

»Ich hab furchtbar viel zu tun«, erklärt er jedes Mal und kann sich dabei häufig ein Gähnen kaum verkneifen. Manchmal habe ich sogar das Gefühl, dass er beim Telefonieren fast einschläft. In Büchern und Filmen ist große Liebe eigentlich immer ganz anders!

Am Tag vor Weihnachten kommt Christa spätabends freudestrahlend in mein Zimmer. »Sieh dir das gute Stück genau an«, lacht sie. »Ich hab ihn mit dem Pulli aus der Boutique verglichen und bin der Meinung, dass der hier noch viel schöner ist.«

Ich nicke bloß. Die richtige Begeisterung fehlt mir. Christa hat ja recht, der Pullover ist bestimmt wunderschön, aber … was soll ich jetzt noch damit? Enrico scheint sich nicht mehr für mich zu interessieren.

»Freust du dich denn gar nicht?«, will Christa wissen.

Aber als sie mein Gesicht sieht, ist ihr alles klar. Sie steckt den Pulli zurück in die Tüte, nimmt mich in den Arm und bringt mir eine große Kanne Kakao und ausnahmsweise nochmals Weihnachtsplätzchen ans Bett.

»Alles wird gut. Aber jetzt schlaf

schön«, sagt sie und deckt mich zu. Ich bin mir sicher: Ich werde keine Sekunde schlafen können.

Komischerweise muss ich doch eingeschlafen sein, denn es ist bereits halb eins am Heiligabend, als ich aufwache. An der Eingangstür klingelt jemand Sturm, so heftig, dass ich irgendwann aus dem Bett springe. Vielleicht hat Christa ja ihren Schlüssel vergessen und drückt deshalb ständig auf den Klingelknopf. Ich ziehe meinen Jogginganzug über, rufe: »Ich komme ja schon«, und reiße die Tür auf.

Vermutlich träume ich, denn

vor mir steht Enrico und schaut mich ganz lieb an.

»Frohe Weihnachten für dich«, sagt er und drückt mir ein sorgfältig verpacktes Geschenk in die Hand.

»Kneif mich mal ganz doll«, sage ich völlig unweihnachtlich und halte ihm meinen Arm hin.

Er schüttelt nur den Kopf. Stattdessen nimmt er mich in den Arm.

Ist eindeutig besser als Kneifen, hat aber die gleiche Wirkung: Ich werde schlagartig wach und mir ist klar, dass ich nicht träume. Enrico ist da und er mag mich.

»Willst du nicht auspacken?«, fragt er nach einer Weile.

»Klar«, sage ich und löse vorsichtig das rote Band. Für ein Buch ist das Geschenk zu groß, außerdem zu weich …

»Mach schon auf«, sagt Enrico und sieht mich erwartungsvoll an. »Hoffentlich gefällt's dir.«

»Wow«, rufe ich, als ich auspacke. »Wie …«

»Es ist natürlich nicht der Pulli aus der Boutique«, erklärt er, »der ist nämlich viel zu teuer. Aber meine Schwester hat ihn nachgestrickt. Dafür hab ich ihren Job übernommen, Schneeschippen und so. Und blöderweise schneit es ständig. Deshalb habe ich auch keine Zeit für dich gehabt. Bist du mir sehr böse?«

Ich könnte heulen vor Glück. Aber Gott sei Dank fällt mir, bevor ich in Tränen ausbreche, noch etwas ein. »Warte eine Sekunde«, rufe ich und dann hole ich mein Weihnachtsgeschenk für Enrico.

»Sehe ich irgendwie doppelt?«, fragt Christa lachend und zwinkert mir zu, als sie mit den letzten Weihnachtseinkäufen nach Hause kommt und uns in den neuen

Pullovern sieht. »Was haltet ihr davon, wenn ich uns zur Feier des Tages einen Weihnachtspunsch mache?«

Während sie in der Küche verschwindet, stehen wir eng umschlungen im Wohnzimmer. Enrico will etwas sagen, aber ich lege ihm behutsam den Zeigefinger auf die Lippen und deute mit dem Kopf vorsichtig zur Tür.

Er zieht mich dorthin und lacht: »Könnte es sein, dass du den Mistelzweig mit Absicht dort aufgehängt hast?«

»Natürlich«, sage ich. »Weil Oma mir gesagt hat, dass sich

Verliebte unter dem Mistelzweig küssen müssen.«

Wir sind uns ganz nah. Ich sehe seine dunklen Augen, die langen Wimpern – und dann küssen wir uns ganz lang, wie sich das so unter einem Mistelzweig gehört!

Sabine Both

Das weihnachtlichste Gefühl von allen

»Das ist so was von unweihnachtlich!«, maule ich, während Mama versucht, Tim in seinen Schneeanzug zu stopfen, und Papa den mit drei Lammfellen zugemüllten Kinderwagen in Position bringt.

»Aber letztes Jahr«, murmelt Mama und schiebt Tim die Kapuze auf den Kopf, damit er endgültig wie eine hellblaue Made aussieht, »hast du noch gesagt, dass du unseren Adventsstadtbummel immer besonders weihnachtlich findest, Tilla.«

»Letztes Jahr! Wen interessiert schon letztes Jahr!«, argumentiere ich. »Letztes Jahr dachte ich ja auch noch, dass ich nie im Leben Wimperntusche benutzen würde und mich niemals von meiner Diddelmaus trennen könnte. Mag ja sein, dass in eurem Alter immer alles gleich bleibt. Aber in meinem Alter erkennt man die ultimative Wahrheit von Jahr zu Jahr besser. Und dieses Jahr ist mir eben klar geworden, was wirklich weihnachtlich ist.«

»Und das wäre?«, will Papa wissen und greift sich, für den Fall dass dieses *wirklich Weihnachtliche* jede Menge Geld kostet, schützend an seine Brusttasche.

»Das Weihnachtlichste ist eindeutig«, erkläre ich meilenweit entfernt von irgendwelchen Konsumgedanken, »seinen Nächsten zu lieben! Und zwar mehr als sich selbst!«

Mama und Papa werfen sich erstaunte Blicke zu.

»Das haben wir in Religion gelernt. Und das steht in der Bibel!«, töne ich selbstsicher.

Und außerdem habe ich es am eigenen Leib erfahren. Seit letzter

Woche bin ich mir bei der Sache hundertpro sicher. Das weihnachtlichste Gefühl, das ich in meinem ganzen Leben je gespürt habe, hatte weder etwas mit durchs Schlüsselloch aufs Weihnachtszimmer gucken noch mit unterm Baum stehen und Lichter zählen zu tun, es stellte sich vielmehr mitten auf der Eisfläche der Schlittschuhbahn ein, gerade als der DJ einen langsamen Song auflegte und ich bei dem Versuch, eine elfenartige Pirouette zu drehen, mit dem linken über den rechten Schlittschuh gestolpert bin, um holterdiepolter gegen meinen

Nächsten zu prallen und ihn auf der Stelle mehr zu lieben als mich selbst. So ein watteweiches Gefühl im Bauch können weder Plätzchenteller noch Berge von Geschenken und ganz sicher nicht ein Familienbummel zwischen viel zu kitschig geschmückten Schaufenstern und winkenden Nikoläusen entfachen.

»Und weil ihr meine Eltern seid und mich deshalb sowieso mehr liebt als euch selbst«, argumentiere ich, »müsst ihr mir erlauben, mit Samantha in die Eishalle zu gehen, statt mit euch zu bummeln.«

Herrlich schlüssig! Ich finde, dagegen kann jetzt keiner mehr etwas sagen. Papa allerdings findet das gar nicht.

»Das war also deine Definition von *am allerweihnachtlichsten*«, sagt er. »Jetzt kommt meine: Das Allerweihnachtlichste ist, wenn die ganze Familie zusammen den traditionellen Weihnachtsbummel macht.«

»Da stimme ich zu«, sagt Mama prompt. »Und du, Timmi?«, fragt sie schnell. »Willst du auch mit Tilla bummeln und Bratapfel essen?«

Das ist so was von hinterhältig. Mama weiß selbst am besten, dass

Tim von dem ganzen Satz genau ein Wort versteht. Und dieses Wort heißt ESSEN und ist das einzige Wort, das die kleine Made überhaupt kennt.

Kein Wunder, dass Tim sofort so heftig nickt, wie sein Schneeanzug es zulässt.

Ich bin überstimmt. Von Mama, Papa, Tim und der Tradition. Ich hasse alle vier.

Grummelnd schicke ich Samantha eine SMS mit allen Schimpfwörtern, die mir für Familien im Allgemeinen und meine Familie im Speziellen einfallen, und erteile ihr den Auftrag, nach meinem

Nächsten Ausschau zu halten und eventuelle Konkurrentinnen von ihm fernzuhalten.

Die Schimpfwörter brummelnd, die ich auf die Schnelle doch noch vergessen hatte, trotte ich meiner Familie durch die zugeschneite Innenstadt hinterher, stelle mich absichtlich mit dem Hintern zu jedem Schaufenster und starre missmutig auf die mit Tüten bepackten Menschen, von denen sich jeder Dritte witzig vorkommt, weil er eine Nikolausmütze für einen Euro fünfzig auf dem Kopf trägt.

Mein Bruder kreischt ESSEN,

ESSEN, während Mama und Papa ihm die Wichteleisenbahn näherbringen wollen, und ich versuche, meine abgestorbenen Zehen mit dem einzig Weihnachtlichen zu wärmen, das mir in den Kopf kommt: mit Gedanken an meinen Nächsten. Ich stelle mir vor, wie es hätte sein können.

Der DJ spielt eine Schnulze, ich passe einen günstigen Moment ab, rufe irgendeinem Unschuldigen ein pikiertes *Pass doch auf!* zu und schlittere unauffällig gegen meinen Nächsten. So leicht, dass es nicht wieder wehtut, aber doch so doll, dass ich mich mal kurz an ihm festhalten, ein ganz überraschtes Gesicht machen und meinen Text loswerden kann: »Mensch, das ist aber ein Zufall. Sind wir nicht letzte Woche schon einmal zusammengestoßen?« Woraufhin er dann sagt: »Das muss wohl Schicksal sein!«

»Und jetzt gucken wir uns noch die Krippe im Dom an«, posaunt Mama in meine tröstliche Parallelwelt. »Wie jedes Jahr!«

Und wie jede Menge anderer nervender Familien mit madenartigen Zwergen in lammfellzugemüllten Kinderwagen. Alle machen Ah und Oh, ach was für ein süßes

Christkind! Dabei ist in der dämlichen Krippe jedes Jahr genau dasselbe dämliche Christkind. Und süß ist es überhaupt nicht, sondern aus Holz. Die Erzengel fliegen auch nicht, die hängen an Fäden. Die Heiligen Drei Könige haben kein Gold bei sich, sondern Falschgeld. Dem depperten Esel fehlt ein Stück Ohr.

»Und wer kann mir bitte mal erklären, wieso bei all den Schafen kein einziger Haufen Schafskacke herumliegt?«, frage ich spitz, ernte jede Menge gar nicht weihnachtliche Blicke, allerdings keine Antwort.

»Und so wie dieser Josef seine Hand verdreht, das kann ein Mensch gar nicht«, wettere ich weiter, ohne adäquate Reaktion von irgendwem.

Ich werde gemustert, als wäre Satan persönlich in die vorweihnachtliche Stimmung geplatzt. Mütter halten ihren Maden die Ohren zu und Tim fängt wie am Spieß an zu schreien, obwohl von ESSEN gar keine Rede war. Aber all das kann mich nicht bremsen. Irgendjemand muss einfach mal die Wahrheit sagen. Und außer mir tut es ja keiner.

»Und in Bethlehem haben

vielleicht Palmen rumgestanden, aber ganz sicher keine Blaufichten«, meckere ich also unbeirrt weiter. »Und schon gar nicht mit Lichterketten. Die hatten nämlich noch gar keine Elektrizität damals.«

»Und auch keine Baumständer von Obi«, fügt plötzlich jemand hinzu.

Hurra! Ich habe Verstärkung bekommen. Der Einwand kommt aus den hinteren Reihen, von einem Jungen, und wird prompt von zwei eindeutig erziehungsberechtigten Stimmen schuldbewusst zum Schweigen gebracht.

»Jetzt reiß dich mal zusammen. Nur, weil du deinen Willen nicht bekommen hast, musst du deiner kleinen Schwester nicht die Weihnachtsstimmung verderben.«

Ein Seelenverwandter. Und er kümmert sich genauso wenig um den Protest seiner Familie wie ich mich um Mamas hochgezogene Augenbrauen und Papas Ich-krieg-einen-Herzanfall-Gesicht.

Er setzt noch einen drauf.

»Und wie kann es bitte schön sein, dass ich auf dem Weg durch die Stadt allein vierzehn Weihnachtsmänner gezählt habe, wo es doch nur einen gibt?«, fragt er.

Ich bin entzückt und hoch motiviert.

»Und was ist bitte schön weihnachtlich daran, wenn irgend so ein Topmodel sich Hühnerfedern um die Schultern hängt und einen auf Christkind macht?«, frage ich, während ich den Hals recke, um meinen Mitstreiter zu Gesicht zu bekommen.

»Soll es vielleicht weihnachtlich sein, wenn sich ganze Kegelclubs auf dem Weihnachtsmarkt mit Glühwein die Kante geben und nachher in die falschen Tannenzapfen kotzen?«, fragt die Stimme und kommt immer näher.

Ich luge angestrengt durch die Menge, kann ihn aber immer noch nicht entdecken.

»Keiner scheint zu wissen, was wirklich weihnachtlich ist«, sage ich inbrünstig, als sich ein schwarzer Haarschopf an einer Großmutter vorbeischiebt, die gerade drohend ihren Spazierstock in meine Richtung schwingt.

Ich setze zum Finale an, gebe meiner Stimme noch ein bisschen mehr Pathos und hoffe, dass Mama und Papa die Blamage eine Lehre ist und sie mich beim nächsten Mal nicht zu irgendwelchen Traditionen verdonnern werden.

»Das Weihnachtlichste überhaupt ist nämlich«, jubiliere ich, »seinen Nächsten zu …«

Mir bleibt die Spucke weg. Das kann nicht sein.

»Zu was?«, ruft ein aufgebrachter Vater aus den hinteren Reihen.

Aber mir steht die Zunge vor Schreck senkrecht im Mund. Er ist genau vor mir. Niemand anders als mein leibhaftiger Nächster. Keine zwanzig Zentimeter entfernt. Mit einem breiten Grinsen, das mindestens so viel bedeutet wie: wenn das mal nicht Schicksal ist.

»Was denn nun?«, protestiert

die angriffslustige Großmutter. »Erst alles schlechtmachen und dann selber keine Antwort haben, oder was?«

Sie schwingt ihren Stock, als wollte sie mir den Rest des Satzes aus dem Hinterkopf klopfen. Aber mir hat es die Sprache verschlagen. Ich kann nicht mal mehr Piep machen.

»Wird's bald?«, mischt sich jetzt ein kleiner Junge mit einer der unvermeidlichen Nikolausmützen ein. »Ich will endlich wissen, was so schrecklich weihnachtlich ist.«

Und ich würde es ihm ja auch wirklich gerne sagen, aber wie

soll ich denn, wo meine Zunge wie ein steif gefrorener Frosch meinen Mund versperrt.

»Eins, zwei, zweieinhalb«, zählt eine Mutter drohend, während die Meute sich zusammenrottet, um jeden Moment vorweihnachtliche Lynchjustiz zu begehen.

Ich schließe die Augen und warte auf das erste Weihnachtsgeschenk, das mir an den Kopf fliegt. Aber es fliegt nichts.

»Seinen Nächsten zu lieben!«, schallt es stattdessen mit Echo durch den Kölner Dom. »Das Weihnachtlichste überhaupt ist, seinen Nächsten zu lieben.«

Mein Nächster hält den Mob mit seiner schönen Stimme auf Distanz und fügt noch etwas hinzu: »Und seine Nächste natürlich auch!«

Und weil er das sagt, ohne mich dabei auch nur den Bruchteil einer Sekunde aus den Augen zu lassen, wird meine Zunge plötzlich wieder geschmeidig.

»Mehr als sich selbst«, füge ich inbrünstig hinzu.

Die Stille, die sich zwischen Kerzenständern und Weihwasserschalen bis unter die prächtige Decke des Doms ausbreitet, ist so aufgeheizt, dass mir die Röte prompt bis in die Ohrläppchen steigt. Bevor mein Kopf allerdings explodieren kann, klatscht die Großmutter mit dem Stock plötzlich in die Hände.

»Hört, hört«, ruft sie erfreut.

Und dann steigt der ganze Mob mit ein. Mein Nächster und ich ernten Applaus und jede Menge Lob, weil die Jugend doch noch nicht ganz so verdorben ist wie gedacht und weil es deshalb für all die Maden in Lammfellen noch eine reelle Chance auf eine glückliche Zukunft gibt.

»Das ist ja ein Zufall«, ruft mein Nächster mir gegen den Lärm ins

Ohr. »Ich hätte schwören können, du bist heute beim Schlittschuhlaufen.«

»Ich weiß«, lache ich.

Und weil das in meinem Alter nun mal so ist, tausche ich in diesem Augenblick die ultimative Erkenntnis von vorhin blitzschnell gegen eine neue aus: Das absolut Weihnachtlichste, das es gibt, ist, wenn im Dom das süße Christkind in der wunderschönen Krippe zwischen fliegenden Engeln und strahlenden Tannenbäumen ein richtiges, echtes Wunder vollbringt.

Bianka Minte-König

Freches Winterrätsel

»Was ist das, es ist weiß und kalt und wird nicht alt?«

Kiki lachte, als Meik ihr die weiße Flocke von der Wange küsste.

»Schneeflocke auf warmer Haut!«

»Kluges Mädchen!«, sagte er, ergriff ihre Hand und zog sie auf Schlittschuhen über den zugefrorenen Baggersee.

»Und was ist das? Es ist rot und heiß mit einer Spitze aus Eis?«

Meik stoppte die schnelle Fahrt und sah Kiki fragend an.

»Keine Ahnung.«

»Deine Nase!«, sagte sie.

»Deine aber auch!«, sagte er.

Kiki zog den Handschuh aus und befühlte ihre Nase. Tatsächlich, auch ihre Nase war ziemlich heiß, nur die Spitze war eiskalt.

»Und was machen wir dagegen?«, fragte sie.

»Nase Nase?« schlug Meik vor.

»Klasse!« rief Kiki begeistert. »Ich liebe Nasenküsse!«

Und als sie ihre Nasenspitzen aneinanderrieben, da fühlten sie sich wie zwei verliebte Eskimos!

Both, Sabine/Minte-König, Bianka/
Schreiber, Chantal/Zimmermann, Irene:
Mistelzweig & Weihnachtsküsschen
ISBN 978 3 522 50127 9

Reihen- und Einbandgestaltung:
Birgit Schössow
Schrift: Stone Serif und Tapeside
Satz: KCS GmbH, Buchholz/Hamburg
Reproduktion: Medienfabrik, Stuttgart
Druck und Bindung: Friedrich Pustet,
Regensburg
Erstveröffentlichung aller Beiträge in
der Anthologie »Freche Mädchen – freche
Adventsgeschichten« 2008

5 4 3 2 1° 09 10 11 12

www.thienemann.de
www.frechemaedchen.de